走上世界最高的鋼索

信心與勇氣的力量

文・圖　葛斯坦　　譯　陳怡芬

僅將此書獻給菲力浦‧派堤，
向他與生俱來的勇氣、
無懈可擊的技藝、
以及締造神話的調皮演出致敬

致謝

在1970年代，我常去觀賞菲力浦‧派堤在紐約的街頭表演。可惜當他在雙子星大樓間走鋼索時，我卻無緣見證。本書的參考資料來自：1987年葛文‧金吉為紐約客雜誌撰寫的派堤小傳「孤獨與自制」、紐約時報的文章與照片、紐約郵報、每日新聞報、以及派堤本人的著作《登上雲端》。

在這次創舉之後，菲力浦‧派堤還陸續做過多次的鋼索表演。

名家精選

走上世界最高的鋼索
The Man Who Walked Between the Towers

信心與勇氣的力量

文‧圖／葛斯坦（Mordicai Gerstein）
譯／陳怡芬

總編輯／郝廣才
責任編輯／何儀　美術編輯／林辰‧林意玲

出版者／格林文化事業股份有限公司
編輯所／台北市新生南路二段20號6 F
電話／(02)2351-7251　傳真／(02)2351-7244
網址／www.grimmpress.com.tw
發行／英屬蓋曼群島商家庭傳媒股份有限公司城邦分公司
地址／台北市民生東路二段141號2樓
電話／(02) 2500-0888　傳真／(02) 2500-1938
讀者服務專線／0800-020-299
24小時傳真服務：(02)2517-0999
郵撥帳號／19833503英屬蓋曼群島商家庭傳媒股份有限公司城邦分公司
網址／www.cite.com.tw　讀者服務信箱E-mail：cs@cite.com.tw
香港發行所／城邦（香港）出版集團
地址／香港北角英皇道310號雲華大廈4字樓504室
電話／852-25086231　傳真／852-25789337　E-Mail／citehk@hknet.com
馬新發行所／城邦（馬新）出版集團 Cite (M) Sdn. Bhd. (458372 U)
地址／11, Jalan 30D/146, Desa Tasik, Sungai Besi, 57000 Kuala Lumpur, Malaysia
電話／603-90563833　傳真／603-90562833
ISBN／957-745-709-6
2004年10月初版1刷
定價／260元

格 林 文 化
www.grimmpress.com.tw

曾經有兩棟高樓並肩聳立，
它們各有 400 公尺高，
是紐約最高的建築物。

有ㄧㄡˇ個ㄍㄜˋ年ㄋㄧㄢˊ輕ㄑㄧㄥ人ㄖㄣˊ一ㄧ直ㄓˊ看ㄎㄢˋ著ㄓㄜ這ㄓㄜˋ兩ㄌㄧㄤˇ棟ㄉㄨㄥˋ衝ㄔㄨㄥ入ㄖㄨˋ雲ㄩㄣˊ端ㄉㄨㄢ的ㄉㄜ
高ㄍㄠ樓ㄌㄡˊ。 他ㄊㄚ是ㄕˋ個ㄍㄜˋ街ㄐㄧㄝ頭ㄊㄡˊ藝ㄧˋ人ㄖㄣˊ， 一ㄧ邊ㄅㄧㄢ騎ㄑㄧˊ單ㄉㄢ輪ㄌㄨㄣˊ車ㄔㄜ，
一ㄧ邊ㄅㄧㄢ丟ㄉㄧㄡ球ㄑㄧㄡˊ和ㄏㄢˋ熊ㄒㄩㄥˊ熊ㄒㄩㄥˊ燃ㄖㄢˊ燒ㄕㄠ的ㄉㄜ火ㄏㄨㄛˇ炬ㄐㄩˋ。

不ㄅㄨˊ過ㄍㄨㄛˋ他ㄊㄚ最ㄗㄨㄟˋ喜ㄒㄧˇ歡ㄏㄨㄢ的ㄉㄜ˙是ㄕˋ在ㄗㄞˋ兩ㄌㄧㄤˇ棵ㄎㄜ樹ㄕㄨˋ間ㄐㄧㄢ綁ㄅㄤˇ條ㄊㄧㄠˊ繩ㄕㄥˊ索ㄙㄨㄛˇ，
踩ㄘㄞˇ在ㄗㄞˋ上ㄕㄤˋ頭ㄊㄡˊ又ㄧㄡˋ走ㄗㄡˇ又ㄧㄡˋ跳ㄊㄧㄠˋ。

　　他注視的不是高樓，而是高樓與高樓間的空隙。他心裡想，要是能在那裡拉條繩索，表演走鋼索的特技就太棒了。他一想到這個點子，就告訴自己一定要做到。

　　他就是這樣的人：看到三顆球，就想玩雜耍；看到兩棟高樓，就要走鋼索。

他不也曾在家鄉巴黎聖母院大教堂的
兩座尖塔之間，上下搖晃的走著鋼索嗎？
那麼在這兩棟高樓之間，又有何不可？

當然他心裡很清楚，就和在巴黎一樣，
警察和擁有高樓的人絕對不會允許他這麼做。
他們會說：「你瘋了！你一定會跌下來！」

於ㄩˊ是ㄕˋ這ㄓㄜˋ位ㄨㄟˋ年ㄋㄧㄢˊ輕ㄑㄧㄥ人ㄖㄣˊ ── 菲ㄈㄟ力ㄌㄧˋ浦ㄆㄨˇ，
決ㄐㄩㄝˊ定ㄉㄧㄥˋ偷ㄊㄡ偷ㄊㄡ進ㄐㄧㄣˋ行ㄒㄧㄥˊ他ㄊㄚ的ㄉㄜ計ㄐㄧˋ畫ㄏㄨㄚˋ。 他ㄊㄚ想ㄒㄧㄤˇ：
「 這ㄓㄜˋ兩ㄌㄧㄤˇ棟ㄉㄨㄥˋ高ㄍㄠ樓ㄌㄡˊ還ㄏㄞˊ沒ㄇㄟˊ完ㄨㄢˊ工ㄍㄨㄥ，
也ㄧㄝˇ許ㄒㄩˇ我ㄨㄛˇ可ㄎㄜˇ以ㄧˇ喬ㄑㄧㄠˊ裝ㄓㄨㄤ成ㄔㄥˊ工ㄍㄨㄥ人ㄖㄣˊ …… 」

於是在 8 月的某一個傍晚，
他和一位朋友混進了南翼大樓。

他們帶了一捆 440 磅重的鋼索和一些裝備
搭上電梯， 來到還未完工的十樓工地。 他們
在那裡等到天黑， 直到所有人都離開。

接著他們扛著所有的裝備，
爬了 180 個台階， 來到樓頂。

到了半夜， 菲力浦的另外兩位朋友爬到
北翼大樓樓頂將一條堅固的細繩綁著箭，
射向菲力浦所在43公尺遠的南翼大樓。

結果沒射準，一箭射到底下5公尺處的鷹架上。
「運氣真差！」菲力浦心想。

在燈光閃爍的城市上空，他爬向鷹架，拾起箭。

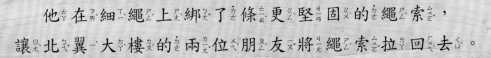

他在細繩上綁了條更堅固的繩索，
讓北翼大樓的兩位朋友將繩索拉回去。

接著他在繩索尾端，
綁上他真正要走的鋼索，
那是條僅 2 公分寬的鋼索。

他的朋友用力將鋼索拉回北翼大樓，
但是鋼索實在太重了，菲力浦一時沒握緊，
整條鋼索往地面直直墜落──

南翼大樓這邊的朋友
趕緊幫忙將鋼索拉上來，
卻差一點掉了下去。

幸好菲力浦及時抓住。

他們花了三個小時才把鋼索拉上來。

星光漸淡，兩棟高樓之間的鋼索
終於緊緊拉起。

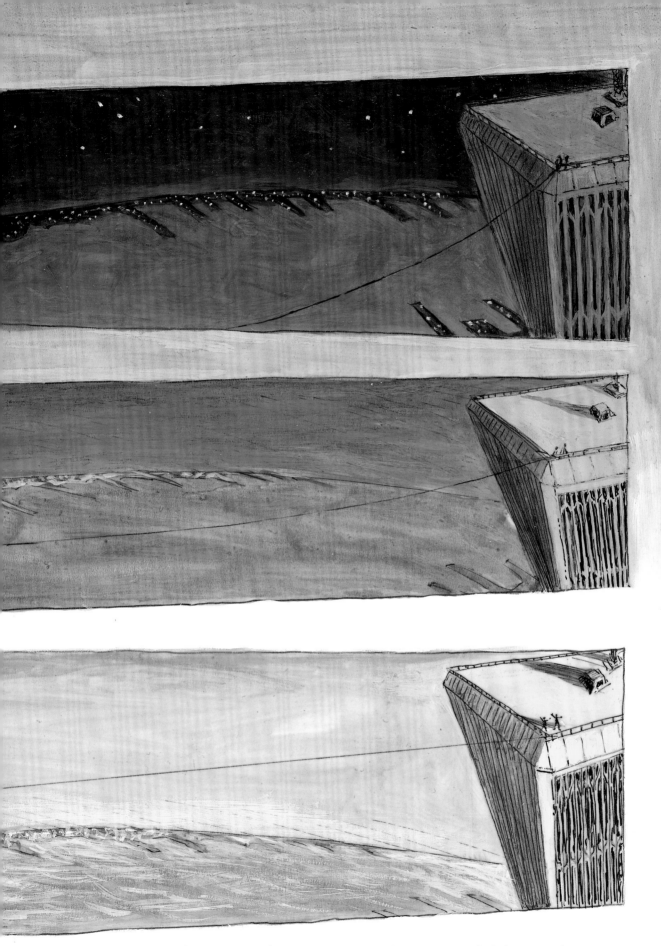

等到天邊露出曙光，一切準備就緒。

菲力浦換上全黑的緊身衣褲，
拿起 9 公尺長的平衡桿， 他一生努力為的
就是這一刻 —— 在雙子星大樓上空走鋼索。

當_{ㄉㄤ}晨_{ㄔㄣ}光_{ㄍㄨㄤ}照_{ㄓㄠ}亮_{ㄌㄧㄤ}雙_{ㄕㄨㄤ}子_ㄗ星_{ㄒㄧㄥ}大_{ㄉㄚ}樓_{ㄌㄡ}，
他_{ㄊㄚ}踩_{ㄘㄞ}著_{ㄓㄜ}鋼_{ㄍㄤ}索_{ㄙㄨㄛ}踏_{ㄊㄚ}出_{ㄔㄨ}第_{ㄉㄧ}一_ㄧ步_{ㄅㄨ}。

有一位女士從地鐵站走出來，她應該是第一個發現菲力浦的人啦：

「看！有人在雙子星大樓間走鋼索喔！」

他ㄊㄚ一一步ㄅㄨˋ又ㄧㄡˋ一一步ㄅㄨˋ又ㄧㄡˋ走ㄗㄡˇ，　當ㄉㄤ走ㄗㄡˇ到ㄉㄠˋ鋼ㄍㄤ索ㄙㄨㄛˇ中ㄓㄨㄥ央ㄧㄤ時ㄕˊ，　他ㄊㄚ感ㄍㄢˇ覺ㄐㄩㄝˊ就ㄐㄧㄡˋ像ㄒㄧㄤˋ走ㄗㄡˇ在ㄗㄞˋ空ㄎㄨㄥ中ㄓㄨㄥ一一般ㄅㄢ。　有ㄧㄡˇ好ㄏㄠˇ幾ㄐㄧˇ次ㄘˋ，　高ㄍㄠ樓ㄌㄡˊ間ㄐㄧㄢ刮ㄍㄨㄚ起ㄑㄧˇ強ㄑㄧㄤˊ風ㄈㄥ，吹ㄔㄨㄟ得ㄉㄜ˙他ㄊㄚ站ㄓㄢˋ不ㄅㄨˋ穩ㄨㄣˇ，　但ㄉㄢˋ他ㄊㄚ可ㄎㄜˇ以ㄧˇ感ㄍㄢˇ覺ㄐㄩㄝˊ到ㄉㄠˋ那ㄋㄚˋ是ㄕˋ高ㄍㄠ樓ㄌㄡˊ正ㄓㄥˋ在ㄗㄞˋ呼ㄏㄨ吸ㄒㄧ，　他ㄊㄚ一一點ㄉㄧㄢˇ也ㄧㄝˇ不ㄅㄨˋ害ㄏㄞˋ怕ㄆㄚˋ，　他ㄊㄚ感ㄍㄢˇ到ㄉㄠˋ滿ㄇㄢˇ心ㄒㄧㄣ喜ㄒㄧˇ悅ㄩㄝˋ、無ㄨˊ比ㄅㄧˇ自ㄗˋ由ㄧㄡˊ、　與ㄩˇ世ㄕˋ隔ㄍㄜˊ絕ㄐㄩㄝˊ。

所有人都停下來，

抬頭往上看。他們

屏息凝視，在距離

地面400公尺高

的空中，有個人

正在跳舞。

這個創舉令人讚嘆，

雖然有一點嚇人，

但是多麼壯觀。

最後，警察也觀

看到了。

警察們衝上樓頂。

「你被逮捕了！」他們手拿擴音器大喊。

菲力浦轉身走向另外一頭。

「有誰敢上前抓他？」

在將近一個小時裡，他在鋼索上來來回回，
又走、又跑、又跳，還半跪著向群眾致意。

他甚至還躺在鋼索上
休息，整個城市和港灣
都在他的腳下，天空擁抱
著他，海鷗飛來飛去。
只要他在鋼索上，
就是自由的。

他心滿意足，　走回屋頂上，
伸出雙手，　讓警察銬上手銬。

他被送上法庭，法官判他以後
只能在公園裡為孩子表演。

他快樂的照辦……但是當他在表演時，
有些男孩亂晃鋼索害菲力浦滑了一下。

……不過他可是沒掉下去。

現在雙子星大樓已經不存在了。

　　可是在記憶裡，這兩棟高樓就好像烙印在空中，從來不曾消失。而其中一部分的記憶則是來自1974年8月7日那個愉快的早晨——菲力浦在兩棟高樓間走鋼索。